【 名 家 诗 歌 典 藏 】

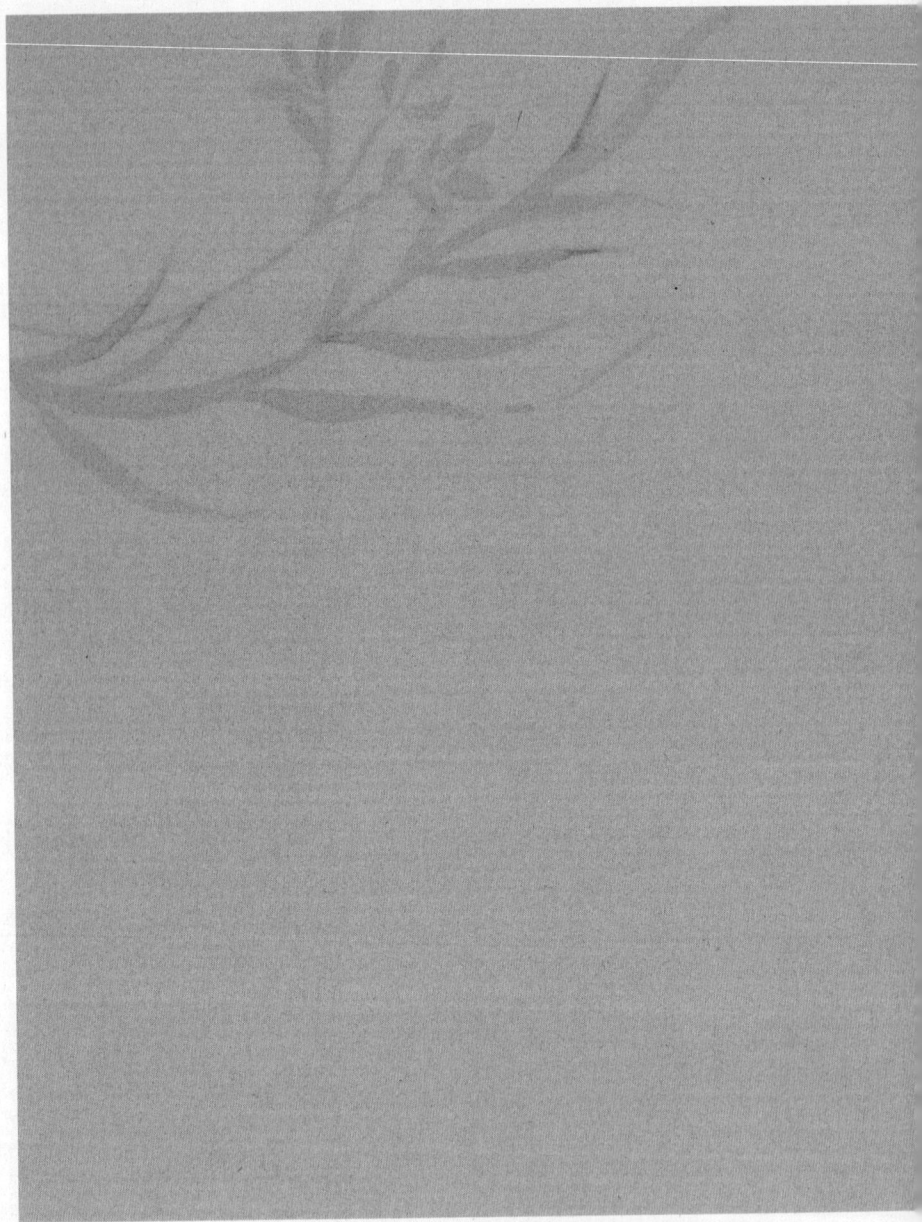

顾城诗精选

顾城 著

长江出版传媒　长江文艺出版社

图书在版编目（CIP）数据

顾城诗精选 / 顾城著.--武汉:长江文艺出版社,
2022.4
　　（名家诗歌典藏）
　　ISBN 978-7-5702-2453-1

Ⅰ.①顾… Ⅱ.①顾…Ⅲ.①诗集－中国－当代
Ⅳ.①I227

中国版本图书馆 CIP 数据核字(2021)第 224683 号

顾城诗精选
GUCHENG SHI JINGXUAN

责任编辑：程华清　　　　　　　责任校对：毛　娟
封面设计：颜森设计　　　　　　责任印制：邱　莉　杨　帆

出版：长江出版传媒　　长江文艺出版社
地址：武汉市雄楚大街 268 号　　　邮编：430070
发行：长江文艺出版社
http://www.cjlap.com
印刷：湖北恒泰印务有限公司

开本：880 毫米×1230 毫米　　1/32　　印张：7.25　　插页：8 页
版次：2022 年 4 月第 1 版　　　2022 年 4 月第 1 次印刷
行数：5220 行

定价：39.00 元

| 目 录 |

第一辑　"生命与生活无关"

杨　树　003

星月的来由　004

无名的小花　005

生命幻想曲　006

一代人　010

摄　011

指北针　012

给我的尊师安徒生

——安徒生和作者本人都

曾当过笨拙的木匠　013

雪　人　015

游　戏　016

蚯　蚓　017

远和近　019

020　小　巷

021　田　埂

022　我总觉得

023　感　觉

024　弧　线

025　在陌生的街上

026　在淡淡的秋季

028　规　避

029　简　历

031　永别了，墓地

042　思想之树

044　土地是弯曲的

　　　我是一个任性的孩子

　　　——我想在大地上画满窗子，让所有

045　　　习惯黑暗的眼睛，都习惯光明

050　古代战争

051　小花的信念

052　不要在那里踱步

054　叽叽喳喳的寂静

055　我的心爱着世界

057　我　耕　耘

059　给我逝去的老祖母（一）

061　也许，我不该写信

在这宽大明亮的世界上 062

十二岁的广场 063

不是再见 066

生 日 068

我要走啦 070

我的一个春天 072

我会像青草一样呼吸 073

设计重逢 075

小春天的谣曲 077

佛 语 079

生命的愿望 080

有时，我真想

——侍者的自语 082

节 日 084

郊 外 085

分 离 088

门 前 089

来 临 090

分别的海 091

铁 铃

——给在秋天离家的姐姐 094

南国之秋（一） 099

南国之秋（二） 101

103　南国之秋（三）

105　异　地

107　净　土

108　许多时间，像烟

110　分　布

第二辑　"感性即自然的理性"

113　我还在收集金黄的烟丝

115　季节·保存黄昏和早晨

119　就在那个小村里

121　提　示

122　方　舟

123　懂事年龄

124　内　画

125　来　源

126　史　诗

128　有　时

129　迎　新

130　是树木游泳的力量

131　名

132　届　时

133　我们写东西

红　酒　134

上边有天　135

　　案　136

柳　罐　137

　　愿　138

日　晕　139

直　塘　140

阳光下的人　142

　　箭　143

墓　床　145

明　示　146

淡　水　湾　147

看　见　148

麦　田　149

小　说　150

重　名　152

日　历　153

剪　贴　155

紫　竹　院　157

邓　肯　159

昌　平　160

太　平　湖　162

公　主　坟　163

164　你在等海水吗

第三辑　"人可生如蚁而美如神"

　　布林的遗嘱
167　——组诗《布林的档案》之一
168　商人、马夫和洪水
169　自负的猴子和同伴
171　异国的传说
177　窗　扇
179　迷误的战舰
181　磨刀石和拖把
184　河　滩
186　春天的寓言
189　惩　罚
192　塔　塔　尔
195　一只北方的大狗
198　山猫和太平鸟
200　冰淇淋搬迁、变节记
204　一棵树的判断
205　火鸡之战
207　一种准备
209　最后的鹰

大　熊　211

呱呱和《蝌蚪问答》　214

实　话　216

苹果螺　217

"生命与生活无关"

杨　树

我失去了一只臂膀，
就睁开了一只眼睛。

（1964 年　北京）

星月的来由

树枝想去撕裂天空，
却只戳了几个微小的窟窿，
它透出天外的光亮，
人们把它叫做月亮和星星。

（1968 年 北京）

无名的小花

野花，
星星，点点，
像遗失的纽扣，
撒在路边。

它没有秋菊
拳曲的金发，
也没有牡丹
娇艳的容颜，
它只有微小的花
和瘦弱的叶片，
把淡淡的芬芳
溶进美好的春天。

我的诗
像无名的小花，
随着季节的风雨
悄悄地开放在
　　寂寞的人间……

（1971 年 6 月　火道村）

生命幻想曲

把我的幻影和梦，
放在狭长的贝壳里。
柳枝编成的船篷，
还旋绕着夏蝉的长鸣。
拉紧桅绳
风吹起晨雾的帆，
我开航了。

没有目的，
在蓝天中荡漾。
让阳光的瀑布，
洗黑我的皮肤。

太阳是我的纤夫。
它拉着我，
用强光的绳索，
一步步，
走完十二小时的路途。
我被风推着，

向东向西，
太阳消失在暮色里。

黑夜来了，
我驶进银河的港湾。
几千个星星对我看着，
我抛下了
新月——黄金的锚。

天微明，
海洋挤满阴云的冰山，
碰击着，
"轰隆隆"——雷鸣电闪！
我到哪里去呵？
宇宙是这样的无边。

　　***

用金黄的麦秸，
织成摇篮，
把我的灵感和心
放在里边。
装好纽扣的车轮，
让时间拖着，

去问候世界。

车轮滚过
百里香和野菊的草间。
蟋蟀欢迎我，
抖动着琴弦。
我把希望溶进花香，
黑夜像山谷，
白昼像峰巅。
睡吧！合上双眼，
世界就与我无关。

时间的马，
累倒了。
黄尾的太平鸟，
在我的车中做窝。
我仍然要徒步走遍世界——
沙漠、森林和偏僻的角落。

太阳烘着地球，
像烤一块面包。
我行走着，
赤着双脚。
我把我的足迹，

像图章印遍大地，
世界也就溶进了
我的生命。

我要唱
一支人类的歌曲，
千百年后
在宇宙中共鸣。

（1971 年盛夏　火道村）

一代人

黑夜给了我黑色的眼睛
我却用它寻找光明

（1979 年 4 月）

摄

阳光
在天上一闪，
又被乌云埋掩。

暴雨冲洗着，
我灵魂的底片。

（1979年6月 重庆）

指北针

我有过一个指北针
我用他换了一把刀
刀子不算太大
却砍倒过无数野草

后来，我就做梦
梦见在森林里迷了方向
走呵走，越走树越密
多大的刀也砍不光

我知道家在北边
但不知道北边在哪儿
这时多想那个指北针
把我一下带回家

我醒了，真算幸运
又能去换回指北针
以后我可以安心地睡觉
再不害怕会丢在梦里

（1979 年 12 月）

给我的尊师安徒生

——安徒生和作者本人都曾当过笨拙的木匠

你推动木刨，
像驾驶着独木舟，
在那平滑的海上，
缓缓漂流……

刨花像浪花散开，
消逝在海天尽头；
木纹像波动的诗行，
带来岁月的问候。

没有旗帜，
没有金银、彩绸，
但全世界的帝王，
也不会比你富有。

你运载着一个天国，
运载着花和梦的气球，
所有纯美的童心，

都是你的港口。

（1980 年 1 月）

雪 人

在你的门前
我堆起一个雪人
代表笨拙的我
把你久等

你拿出一颗棒糖
一颗甜甜的心
埋进雪里
说这样就会高兴

雪人没有笑
一直没作声
直到春天的骄阳
把它溶化干净

人在哪呢?
心在哪呢?
小小的泪潭边
只有蜜蜂。

（1980 年 2 月）

游 戏

那是昨天？前天？
呵，总之是从前
我们用手绢包一粒石子
一下丢进了蓝天——

多么可怕的昏眩
天地开始对转
我们松开发热的手
等待着上帝的严判

但没有雷、没有电
石子悄悄回到地面
那片同去的手绢呢？
挂在老树的顶端

从此，我们再不相见
好像遥远又遥远
只有那颗忠实的石子
还在默想美丽的旅伴

（1980 年 6 月）

蚯 蚓

当你失明时
你彻悟了
彻悟了那未知的一切
于是，在一页页土层中
开始写你的著作

这是属于黑暗的文字
字体古怪而流畅
是盲文
只有根须那敏感的指尖
才能阅读

人，自负地翻动大地
给它装上各种硬皮
水泥的、砖的、柏油的……
毁坏了你的书
还印上自己的名字

但草仍在空隙间阅读着

树也在读
所有绿色的生命
都是你的读者
在没有风时他们决不交谈

我是属于人类的
因而无法懂得
但我相信
里边一定有许多诗句
看那小花的表情

（1980 年 6 月）

远 和 近

你
一会看我
一会看云

我觉得
你看我时很远
你看云时很近

（1980 年 6 月）

小 巷

小巷
又弯又长

没有门
没有窗

你拿把旧钥匙
敲着厚厚的墙

（1980 年 6 月）

田　埂

路是这样窄么?
只是一脉田埂。

拥攘而沉默的苜蓿,
禁止并肩而行。

如果你跟我走,
就会数我的脚印;

如果我随你去,
只能看你的背影。

（1980 年 6 月）

我总觉得

我总觉得
星星曾生长在一起
像一串绿葡萄
因为天体的转动
滚落到四方

我总觉得
人类曾聚集在一起
像一碟小彩豆
因为陆地的破裂
迸溅到各方

我总觉得
心灵曾依恋在一起
像一窝野蜜蜂
因为生活的风暴
飞散在远方

（1980 年 6 月）

感　觉

天是灰色的
路是灰色的
楼是灰色的
雨是灰色的

在一片死灰之中
走过两个孩子
一个鲜红
一个淡绿

（1980 年 7 月）

弧　线

鸟儿在疾风中
迅速转向

少年去捡拾
一枚分币

葡萄因幻想
而延伸的触丝

海浪因退缩
而耸起的背脊

（1980 年 8 月）

在陌生的街上

在陌生的街上
有许多人跳舞
跳得整齐而莫测
使我无法通过

由于长久的等待
我变成了路牌
指着希望的地方
没有一字说明

（1980年8月）

在淡淡的秋季

在淡淡的秋季
我多想穿过
枯死的篱墙，走向你
在那迷蒙的湖边
悄悄低语
唱起儿歌
小心地把雨丝躲避

——生命中只有感觉
生活中只有教义
当我们得到了生活
生命便悄悄飞离
像一群被打湿的小鸽子
在雾中
失去踪迹

不，不是这支歌曲
在小时候没有泪
只有露滴

每滴露水里
都有浅红色的梦——
当我们把眼睛微微闭起

哦，在暗淡的秋季
我没有走向你
没有唱，没有低语
我沿着篱墙
向失色的世界走去
为明天的歌
能飘在晴空里

（1980 年 8 月）

规　避

穿过肃立的岩石
我
走向海岸

"你说吧
我懂全世界的语言"

海笑了
给我看
会游泳的鸟
会飞的鱼
会唱歌的沙滩

对那永恒的质疑
却不发一言

（1980 年 10 月）

简　历

我是一个悲哀的孩子
始终没有长大
我从北方的草滩上
走出，沿着一条
发白的路，走进
布满齿轮的城市
走进狭小的街巷
板棚，每颗低低的心
我在一片淡漠的烟中
继续讲绿色的故事
我相信我的听众
——天空，还有
海上迸溅的水滴
它们将覆盖我的一切
覆盖那无法寻找的
坟墓，我知道
那时，所有的草和小花
都会围拢，在
灯光暗淡的一瞬

轻轻地亲吻我的悲哀

（1980 年 10 月）

永别了，墓地

在重庆，在和歌乐山烈士陵园遥遥相望的沙坪坝公园里，在荒草和杂木中，有一片红卫兵之墓。

没有人迹。

偶然到来的我和我的诗，又该说些什么……

一、模糊的小路，使我来到你们中间

模糊的小路

使我来到

你们中间

像一缕被遗漏的阳光

和高大的草

和矮小的树

站在一起

我不代表历史

不代表那最高处

发出的声音

我来了
只因为我的年龄

你们交错地
倒在地下
含着愉快的泪水
握着想象的枪
你们的手指
依然洁净
只翻开过课本
和英雄故事
也许出于一个
共同的习惯
在最后一页
你们画下了自己

现在我的心页中
再没有描摹
它反潮了
被叶尖上
蓝色的露水所打湿
在展开时
我不能用钢笔
我不能用毛笔

我只能用生命里
最柔软的呼吸
画下一片
值得猜测的痕迹

二、歌乐山的云，很凉

歌乐山的云
很凉
像一只只失血的手
伸向墓地
在火和熔铅中
沉默的父母
就这样
抚摸着心爱的孩子
他们留下的口号
你们并没有忘
也许正是这声音
唤来了死亡

你们把同一信念
注入最后的呼吸
你们相距不远
一边仍是鲜花

是活泼的星期日
是少先队员
一边却是鬼针草
蚂蚁和蜥蜴
你们都很年轻
头发乌黑
死亡的冥夜
使单纯永恒

我希望
是红领巾
是刚刚悬挂的果实
也希望是你们
是新房的照片
在幸福的一刹那
永远停顿
但我却活着
在引力中思想
像一只小船
渐渐靠向
黄昏的河岸

三、我没有哥哥，但相信……

我没有哥哥

但相信你是

我的哥哥

在蝉声飘荡的

沙堆上

你送给我一只

泥坦克

一架纸飞机

你教我把字

巧妙地连在一起

你是巨人

虽然才上六年级

我有姐姐

但相信你仍是

我的姐姐

在淡绿的晨光中

你微微一转

便高高跳起

似乎彩色的皮筋

把你弹上天空

它绷得太紧

因为还有两根

缠绕着

我松松的袜子

而他呢?

他是谁?

撕下了芦花雀

带金扣的翅膀

细小的血滴撒了一地

把药棉和火焰

缠上天牛的触角

让它摇摇晃晃地

爬上窗台

偿还吞食木屑的罪过

他是谁?

我不认识

四、你们在高山中生活

你们在高山中生活

在墙中生活

每天走必须的路

从没有见过海洋

你们不知道爱

不知道另一片大陆

只知道

在缄默的雾中

浮动着"罪恶"
为此，每张课桌中央
都有一道
粉笔画出的界河

你们走着
笑着
藏起异样闪动的感觉
像用树影
涂去月光的色泽
在法典中
只有无情和憎恨
才像礼花般光彩
于是，在一天早晨
你们用糙树叶
擦亮了
皮带的铜扣，走了

谁都知道
是太阳把你们
领走的
乘着几支进行曲
去寻找天国
后来，在半路上

你们累了
被一张床绊倒
床头镶着弹洞和星星
你们好像
是参加了一场游戏
一切还可以重新开始

五、不要追问太阳

不要追问太阳
它无法对昨天负责
昨天属于
另一颗恒星
它已在
可怕的热望中烧尽
如今神殿上
只有精选的盆花
和一片寂静
静穆得
像白冰山
在暖流中航行

什么时候，闹市
同修复的旋椅

又开始转动

载着舞蹈的和

沉默的青年

载着缺牙的幼儿

和老人

也许总有一些生命

注定要被

世界抖落

就像白额雁

每天留在营地的羽毛

橘红的，淡青的

甘甜和苦涩的

灯，亮了

在饱含水分的暮色里

时间恢复了生机

回家吧

去复写生活

我还没忘

小心地绕过墓台边

空蛋壳似的月亮

它将在这里等待

离去的幼鸟归来

六、是的，我也走了

是的，我也走了
向着另一个世界
迈过你们的手
虽然有落叶
有冬天的薄雪
我却依然走着
身边是岩石、黑森林
和点心一样
精美的小镇
我是去爱
去寻求相近的灵魂
因为我的年龄

我深信
你们是幸福的
因为大地不会流动
那骄傲的微笑
不会从红粘土中
浮起，从而消散
十一月的雾雨
在渗透时

也会滤去
生命的疑惑
永恒的梦
比生活更纯

我离开了墓地
只留下，夜和
失明的野藤
还在那里摸索着
碑上的字迹
摸索着
你们的一生
远了，更远了，墓地
愿你们安息
愿那模糊的小路
也会被一个浅绿的春天
悄悄擦去

（1980 年 10 月）

思想之树

我在赤热的国土上行走
头上是太阳的轰响
脚下是岩浆
我没有鞋子
没有编造的麦草
投下浑圆的影子
我只有一颗心
常常想起露水的清澈

我走过许多地方
许多风蚀的废墟
为了寻找那些
值得相信的东西
我常看见波斯菊
化为尘沫，在热风中飞散
美和生命
并不意味着永恒

也许有这样一种植物

习惯了火山的呼吸

习惯了在绝望中生长

使峭壁布满裂纹

习惯了死亡

习惯了在死神的金字塔上

探索星空

重新用绿色的声音

来呼唤时间

于是，在梦的山谷中

我看见了它们

棕红色的巨石翻动着

枝条伸向四方

一千枚思想的果实

在夕阳中垂落

渐渐，渐渐，渐渐

吸引了痛苦的土地

（1980 年 12 月）

土地是弯曲的

土地是弯曲的
我看不见你
我只能远远看见
你心上的蓝天

蓝吗？真蓝
那蓝色就是语言
我想使世界感到愉快
微笑却凝固在嘴边

还是给我一朵云吧
擦去晴朗的时间
我的眼睛需要泪水
我的太阳需要安眠

（1981 年 1 月）

我是一个任性的孩子

——我想在大地上画满窗子，

　　让所有习惯黑暗的眼睛，都习惯光明

也许

我是被妈妈宠坏的孩子

我任性

我希望

每一个时刻

都像彩色蜡笔那样美丽

我希望

能在心爱的白纸上画画

画出笨拙的自由

画下一只永远不会

流泪的眼睛

一片天空

一片属于天空的羽毛和树叶

一个淡绿的夜晚和苹果

我想画下早晨

画下露水所能看见的微笑

画下所有最年轻的

没有痛苦的爱情

画下想象中

我的爱人

她没有见过阴云

她的眼睛是晴空的颜色

她永远看着我

永远，看着

绝不会忽然掉过头去

我想画下遥远的风景

画下清晰的地平线和水波

画下许许多多快乐的小河

画下丘陵——

长满淡淡的茸毛

我让它们挨得很近

让它们相爱

让每一个默许

每一阵静静的春天的激动

都成为

一朵小花的生日

我还想画下未来

我没见过她，也不可能

但知道她很美

我画下她秋天的风衣

画下那些燃烧的烛火和枫叶

画下许多因为爱她

而熄灭的心

画下婚礼

画下一个个早早醒来的节日——

上面贴着玻璃糖纸

和北方童话的插图

我是一个任性的孩子

我想涂去一切不幸

我想在大地上

画满窗子

让所有习惯黑暗的眼睛

都习惯光明

我想画下风

画下一架比一架更高大的山岭

画下东方民族的渴望

画下大海——

无边无际愉快的声音

最后，在纸角上
我还想画下自己
画下一只树熊
他坐在维多利亚深色的丛林里
坐在安安静静的树枝上
发愣
他没有家
没有一颗留在远处的心
他只有，很多很多
浆果一样的梦
和很大很大的眼睛

我在希望
在想
但不知为什么
我没有领到蜡笔
没有得到一个彩色的时刻
我只有我
我的手指和创痛
只有撕碎那一张张
心爱的白纸
让它们去寻找蝴蝶
让它们从今天消失

我是一个孩子
一个被幻想妈妈宠坏的孩子
我任性

（1981 年 3 月）

古代战争

马铁和刀饰在阳光下闪耀
流苏和盔缨在硝烟中飞飘
死
死的光荣谁都需要
欢迎死神的仪式
比欢迎上帝
还要热闹

方队到齐了
站好
举起那神圣的花布片
吹号

为了使母亲痛哭
为了使孩子骄傲

（1981 年 4 月）

小花的信念

在山石组成的路上
浮起一片小花

它们用金黄的微笑
来回报石块的冷遇

它们相信
最后，石块也会发芽
也会粗糙地微笑
在阳光和树影间
露出善良的牙齿

（1981年4月）

不要在那里踱步

天黑了
一小群星星悄悄散开
包围了巨大的枯树

不要在那里踱步

梦太深了
你没有羽毛
生命量不出死亡的深度

不要在那里踱步

下山吧
人生需要重复
重复是路

不要在那里踱步

告别绝望

名家诗歌典藏

告别风中的山谷
哭，是一种幸福

不要在那里踱步

灯光
和麦田边新鲜的花朵
正摇荡着黎明的帷幕

（1981年4月）

叽叽喳喳的寂静

雪，用纯洁
拒绝人们的到来
远处，小灌木丛里
一小群鸟雀叽叽喳喳
她们在讲自己的事
讲贮存谷粒的方法
讲妈妈
讲月牙怎么变成了
金黄的气球

我走向许多地方
都不能离开
那片叽叽喳喳的寂静
也许在我心里
也有一个冬天
一片绝无人迹的雪地
在那里
许多小灌木缩成一团
围护着喜欢发言的鸟雀

（1981 年 5 月）

我的心爱着世界

我的心爱着世界
爱着，在一个冬天的夜晚
轻轻吻她，像一片纯净的
野火，吻着全部草地
草地是温暖的，在尽头
有一片冰湖，湖底睡着鲈鱼

我的心爱着世界
她溶化了，像一朵霜花
溶进了我的血液，她
亲切地流着，从海洋流向
高山，流着，使眼睛变得蔚蓝
使早晨变得红润

我的心爱着世界
我爱着，用我的血液为她
画像，可爱的侧面像
金玉米和群星的珠串不再闪耀
有些人疲倦了，转过头去

转过头去，去欣赏一张广告

（1981 年 6 月）

我 耕 耘

我耕耘
浅浅的诗行
延展着
像大西北荒地中
模糊的田垄

风太大了，风
在我的身后
一片灰砂
染黄了雪白的云层

我播下了心
它会萌芽吗？
会，完全可能

当我和道路消失之后
将有几片绿叶
从荒地中醒来
在暴烈的晴空下

代表美

代表生命

（1981年6月）

给我逝去的老祖母（一）

终于
我知道了死亡的无能
它像一声哨
那么短暂
球场上的白线已模糊不清

昨天，在梦里
我们分到了房子
你用脚擦着地
走来走去
把自己的一切
安放进最小的角落

你仍旧在深夜里洗衣
哼着木盆一样
古老的歌谣
用一把断梳子
梳理白发
你仍旧在高兴时

打开一层一层绸布
给我看
已经绝迹的玻璃纽扣
你用一生相信
它们和钻石一样美丽

我仍旧要出去
去玩或者上学
在拱起的铁纱门外边
在第五层台阶上
点燃炉火，点燃炉火
鸟兴奋地叫着
整个早晨
都在淡蓝的烟中漂动

你围绕着我，
就像我围绕着你

（1981 年 6 月）

也许，我不该写信

也许，我不该写信
我不该用眼睛说话
我被粗大的生活
束缚在岩石上
忍受着梦寐的干渴
忍受着拍卖商估价的
声音，在身上爬动
我将被世界决定

我将被世界决定
却从不曾决定世界
我努力着
好像只是为了拉紧绳索
我不该写信
不应该，请你不要读它
把它保存在火焰里
直到长夜来临

（1981 年 7 月）

在这宽大明亮的世界上

在这宽大明亮的世界上
人们走来走去
他们围绕着自己
像一匹匹马
围绕着木桩

在这宽大明亮的世界上
偶尔，也有蒲公英飞舞
没有谁告诉他们
被太阳晒热的所有生命
都不能远去
远离即将来临的黑夜
死亡是位细心的收获者
不会丢下一穗大麦

（1981 年 7 月）

十二岁的广场

我喜欢穿
旧衣裳
在默默展开的早晨里
穿过广场
一蓬蓬郊野的荒草
从空隙中
无声地爆发起来
我不能停留
那些瘦小的黑蟋蟀
已经开始歌唱

我只有十二岁
我垂下目光
早起的几个大人
不会注意
一个穿旧衣服孩子
的思想
何况，鸟也开始叫了
在远处，马达的鼻子不通

这就足以让几个人
欢乐或悲伤

谁能知道
在梦里
我的头发白过
我到达过五十岁
读过整个世界
我知道你们的一切——
夜和刚刚亮起的灯光
你们暗蓝色的困倦
出生和死
你们的无事一样

我希望自己好看
我不希望别人
看我
我穿旧衣裳
风吹着
把它紧紧按在我的身上
我不能痛哭
只能尽快地走
就是这样
穿过了十二岁

长满荒草的广场

（1981 年 8 月）

不是再见

我们告别了两年
告别的结果
总是再见
今夜，你真要走了
真的走了，不是再见

还需要什么？
手凉凉的，没有手绢
是信么？信？
在那个纸叠的世界里
有一座我们的花园

我们曾在花园游玩
在干净的台阶上画着图案
我们和图案一起跳舞
跳着，忘记了天是黑的
巨大的火星正在缓缓旋转

现在，还是让火焰读完吧

它明亮地微笑着
多么温暖
我多想你再看我一下
然而没有，烟在飘散

你走吧，爱还没有烧完
路还可以看见
走吧，越走越远
当一切在虫鸣中消失
你就会看见黎明的栅栏

请打开那栅栏的门扇
静静地站着，站着
像花朵那样安眠
你将在静寞中得到太阳
得到太阳，这就是我的祝愿

（1981 年 10 月）

生　日

因为生日
我得到了一个彩色钱夹
我没有钱
也不喜欢那些乏味的分币

我跑到那个古怪的大土堆后
去看那些爱美的小花
我说：我有一个仓库了
可以用来贮存花籽

钱夹里真的装满了花籽
有的黑亮黑亮
像奇怪的小眼睛
我又说：别怕
我要带你们到春天的家里去
在那儿，你们会得到
绿色的短上衣
和彩色花边的布帽子

我有一个小钱夹了
我不要钱
不要那些不会发芽的分币
我只要装满小小的花籽
我要知道她们的生日

（1981 年 12 月）

我要走啦

告别守夜的钟塔
谢谢，我要走啦
我要带走我全部的星星
再不为丢失担惊受怕

告别粗大的篱笆
是的，我要走啦
你听见的偷苹果的故事
请不要告诉庙里的乌鸦

最后，告别河边的细沙
早安，我要走啦
没有谁真在这里长眠不醒
去等待十字架生根开花

我要走啦，走啦
走向绿雾蒙蒙的天涯
走哇！怎么又走到你的窗前
窗口垂着相约的手帕

不！这不是我，不是
有罪的是褐色小马
它没有弄懂昨夜可怕的誓言
把我又带到了你家

（1982 年 2 月）

我的一个春天

木窗外
平放着我的耕地
我的小牦牛
我的单铧犁

一小队太阳
沿着篱笆走来
天蓝色的花瓣
开始弯曲

露水害怕了
打湿了一片回忆
受惊的蜡嘴雀
望着天极

我要干活了
要选梦中的种子
让它们在手心闪耀
又全部撒落在水里

（1982 年 2 月）

我会像青草一样呼吸

我会像青草一样呼吸
在很高的河岸上
脚下的水渊深不可测
黑得像一种鲇鱼的脊背

远处的河水渐渐透明
一直飘向对岸的沙地
那里的起伏充满诱惑
困倦的阳光正在休息

再远处是一片绿光闪闪的树林
录下了风的一举一动
在风中总有些可爱的小花
从没有系紧紫色的头巾

蚂蚁们在搬运沙土
绝不会因为爱情而苦恼
自在的野蜂却在歌唱
把一支歌献给所有花朵

我会呼吸得像青草一样
把轻轻的梦想告诉春天
我希望会唱许多歌曲
让唯一的微笑永不消失

（1982 年 3 月）

设计重逢

沾满煤灰的车轮
晃动着，从道路中间滚过
我们又见面了

我，据说老了
已经忘记了怎样跳跃
笑容像折断的稻草
而你，怎么说呢
眼睛像一滴金色的蜂蜜
健康得想统治世界
想照耀早晨的太阳和面包

车站抬起了手臂
黑天牛却垂下了它的触角

你问我
在干什么
我说，我在编一篇寓言小说
在一个广场边缘

有许多台阶
它们很不整齐，像牙齿一样
被损坏了，缝隙里净是沙土
我的责任
是在那里散步
在那研究，蚂蚁在十字架上的
交通法则

当然，这样的工作
不算很多

天快黑了
走吧，转过身去
让红红绿绿的市场在身后歌唱
快要熄灭的花
依旧被青草们围绕
暖融融的大母牛在一边微笑
把纯白的奶汁注入黑夜

在灵魂安静之后
血液还要流过许多年代

（1982 年 3 月）

小春天的谣曲

我在世界上生活
带着自己的心

    哟！心哟！自己的心

    那枚鲜艳的果子

    曾充满太阳的血液

我是一个王子
心是我的王国

    哎！王国哎！我的王国

    我要在城垛上边

    转动金属的大炮

我要对小巫女说
你走不出这片国土

    哦！国土！这片国土

    早晨的道路上

    长满了凶猛的灌木

你变成了我的心
我就变成世界

    呵！世界呵！变成世界

    蓝海洋在四周微笑

欣赏着暴雨的舞蹈

（1982 年 4 月）

佛　语

我穷
没有一个地方，可以痛哭

我的职业是固定的
固定地坐在那
坐一千年
来学习那种最富有的笑容
还要微妙地伸出手去
好像把什么交给了人类

我不知道能给什么
甚至也不想得到
我只想保存自己的泪水
保存到工作结束

深绿色的檀香全都枯萎
干燥的红星星
全部脱落

（1982 年 5 月）

生命的愿望

一

春天来的时候
木鞋上还沾着薄雪
山坡上霸道的小灌木
还没有想到梳头

春天走的时候
每朵花都很奇妙
她们被水池挡住去路
静静地变成了草莓

二

所有青色的骑士
都渴望去暴雨中厮杀
都想面对密集的阳光
庄严地一动不动

秋风将吹过山谷
荣誉将变得黯淡
黑滚珠一样的小田鼠
将突然窜过田野

三

即使星球熄灭了
果实也会燃烧
在印加帝国的酒窖里
储存着太阳的血液

浮雕上聚集着水汽
生命仍在要求
它将在地下生长
变成强壮的根块

（1982 年 5 月）

有时，我真想

——侍者的自语

有时，我真想
整夜整夜地去海滨
去避暑胜地
去到疲惫的沙丘中间
收集温热的瓶子——
像日光一样白的，像海水一样绿的
还有棕黄色的
谁也不注意的愤怒

我知道
那个唱醉歌的人
还会来，口袋里的硬币
还会像往常一样。错着牙齿
他把嘴笑得很歪
把轻蔑不断喷在我脸上

太好了，我等待着
等待着又等待着

到了！大钟发出轰响
我要在震颤之间抛出一切
去享受迸溅的愉快
我要给世界留下美丽危险的碎片
让红眼睛的上帝和老板们
去慢慢打扫

（1982年6月）

节　日

节日对于孩子们来说
就是一块大圆蛋糕
上边落着奶油的小鸟
生气的样子非常可爱

边上还有红绿丝的草坪
下面的土地非常松软
一枚跟随太阳的金币
正在那里睡觉

为了寻找那明亮的幸福
孩子悄悄亲了下餐刀
没有谁责怪这种贪心
世界本来属于他们

我们把世界拿在手里
就是为了一样样放好
我们还要默默走开
我们是不要酬劳的厨师

（1982 年 6 月）

名家诗歌典藏

郊 外

一个泥土色的孩子
跟随着我
像一个愿望

我们并不认识
在雾蒙蒙的郊外走着
不说话

我不能丢下她
我也曾相信过别人
相信过早晨的洋白菜
会生娃娃
露水会东看西看
绿荧荧的星星不会咬人
相信过
在野树叶里
没有谁吃花
蜜蜂都在义务劳动
狼和老树枝的叹息

同样感人

被压坏的马齿苋
从来不哭
它只用湿漉漉的苦颜色
去安慰同伴

我也被泥土埋过
她比我那时更美
她的血液
像红宝石一样单纯
会在折断的草茎上闪耀
她的额前
飘着玫瑰的呼吸

我不能等
不能走得更快
也不能让行走继续下去
使她忘记回家的道路

就这样
走着
郊野上雾气蒙蒙

前边

一束阳光

照着城市的侧影

锯齿形的烟

正在飘动

（1982 年 6 月）

分　离

黑色的油污从山谷中浮起
乌鸦会飞
会带走我的羽毛

我还将留在世界上
在熄灭的细草中间
心最后总要滚动一下
才能变成石子

我知道历史
那个圆鼓鼓的商人
收购羽毛
口袋和他一起颤动
在习惯的叹息中
走下山去

（1982 年 8 月）

门 前

我多么希望，有一个门口
早晨，阳光照在草上

我们站着
扶着自己的门扇
门很低，但太阳是明亮的

草在结它的种子
风在摇它的叶子
我们站着，不说话
就十分美好

有门，不用开开
是我们的，就十分美好

（1982 年 8 月）

来　临

请打开窗子，抚摸飘舞的秋风
夏日像一杯浓茶，此时已经澄清
再没有噩梦，没有蜷缩的影子
我的呼吸是云朵，愿望是歌声

请打开窗子，我就会来临
你的黑头发在飘，后面是晴空
响亮的屋顶，柔弱的旗子和人
它们细小地走动着，没有扬起灰尘

我已经来临，再不用苦苦等待
只要合上眼睛，就能找到嘴唇
曾有一只船，从沙岸飘向陡壁
阳光像木桨样倾斜，浸在清凉的梦中

呵，没有万王之王，万灵之灵
你是我的爱人，我不灭的生命
我要在你的血液里，诉说遥远的一切
人间是陵园，覆盖着回忆之声

（1982 年 8 月）

分别的海

我不是去海边
取蓝色的水
　我是去海上捕鱼
　那些白发苍苍的海浪
　正靠在礁石上
端详着旧军帽
轮流叹息

你说：海上
　有好吃的冰块在飘
别叹气
也别捉住老渔夫的金鱼
海妖像水螅
胆子很小
　别捞东方瓶子
　里边有魔鬼在生气

我没带渔具
没带沉重的疑虑和枪
　我带心去了

我想，到空旷的海上
只要说：爱你
鱼群就会跟着我
游向陆地

我说：你别关窗子
别移动灯
让它在金珐琅的花纹中
燃烧
我喜欢精致的赞美
像海风喜欢你的头发
别关窗子
让海风彻夜吹抚

我是想让你梦见
有一个影子
在深深的海渊上飘荡
雨在船板上敲击
另一个世界没有呼喊
铁锚静默地
穿过了一丛丛海草

你说：能听见
在暴雨之间的歌唱
像男子汉那样站着

抖开粗大的棕绳
你说，你还能看见
水花开放了
　下边是
　乌黑光滑的海流

　　我还在想那个瓶子
　　从船的碎骨中
　　　慢慢升起
　　　它是中国造的
　　　绘着淡青的宋代水纹
　　绘着鱼和星宿
　　淡青的水纹是它们的对话

　　我说：还有那个海湾
　　那个尖帽子小屋
那个你
窗子开着，早晨
你在黑发中沉睡
手躲在细棉纱里
　　那个中国瓷瓶
　　还将转动

（1982 年 8 月）

铁 铃

——给在秋天离家的姐姐

一

你走了

　　还穿着那件旧衣服

你疲倦得像叶子，接受了九月的骄阳

你突然挥起手来，让我快点回家

你想给我留下快乐，用闪耀掩藏着悲哀

你说：你干事去吧，你怕我浪费时间

你和另一个人去看海浪，海边堆满了果皮

你不以为这是真的，可真的已经到来

你独自去接受一个宿命，祝福总留在原地

二

你走了

　　妈妈慌乱地送你

她抓住许多东西，好像也要去海上飘浮

秋草也慌乱了，不知怎样放好影子

它们议论纷纷，损害了天空的等待
这是最后的空隙，你忽然想起玩棋子
把白色和黑色的玻璃块，排成各种方阵
我曾有过八岁，喜欢威吓和祈求
我要你玩棋子，你却喜欢皮筋

三

　　你走了
　　　我们都站在岸边
我们是亲人，所以土地将沉没
我不关心火山灰，我只在想那短小的炉子
火被烟紧紧缠着，你在一边流泪
我们为关不关炉门，打了最后一架
我们打过许多架，你总赞美我的疯狂
我为了获得钦佩，还吞下过一把石子
你不需要吞咽，你抽屉里有奖状

四

　　你走了
　　　小时候我也在路上想过
好像你会先去，按照古老的习惯
我没想过那个人，因为习惯是抽象的螺纹

我只是深深憎恨，你的所有同学
她们害怕我，她们只敢在门外跺脚
我恨她们蓝色的腿弯，恨她们把你叫走
你们在树林中跳舞，我在想捣乱的计划
最后我总沾满白石灰，慢慢地离开夜晚

五

　　你走了
　　河岸也将把我带走
这是昏黄的宿命，就像鸟群在枝头惊飞
我们再也不会有白瓷缸，再也不会去捉蝌蚪
池塘早已干涸，水草被埋在地下
我们长大了，把小衣服留给妈妈
褪色的灯心绒上，秋天在无力地燃烧
小车子抵着墙，再无法带我们去远游
童年在照像本里，尘土也代表时间

六

　　你走了
　　一切都将改变
旧的书损坏了，新的书更爱整洁
书都有最后一页，即使你不去读它

节日是书签，拖着细小的金线
我们不去读世界，世界也在读我们
我们早被世界借走了，它不会放回原处
你向我挥挥手，也许你并没有想到
在字行稀疏的地方，不应当读出声音

七

　　你走了
　　　你终究还会回来
那是另一个你吗？我永远不能相信
白天像手帕一样飘落，土地被缓缓挂起
你似乎在远处微笑，但影像没有声音
好像是十几盘胶片，在两处同时放映
我正在广场看上集，你却在幕间休息
我害怕发绿的玻璃，我害怕学会说谎
我们不是两滴眼泪，有一滴已经被擦干

八

　　你走了
　　　一切并没有改变
我还是我，是你霸道的弟弟
我还要推倒书架，让它们四仰八合

我还要跳进大沙堆，挖一个潮湿的大洞
我还要看网中的太阳，我还要变成蜘蛛
我还要飞进古森林，飞进发粘的琥珀
我还要丢掉钱，去到那条路上趟水
我们还要一起挨打，我替你放声大哭

九

　　你走了
　　　我始终一点不信
虽然我也推着门，并且古怪地挥手
一切都要走散吗，连同这城市和站台
包括开始腐烂的橘子，包括悬挂的星球
一切都在走，等待就等于倒行
为什么心要留在原处，原处已经走开
懂事的心哪，今晚就开始学走路
在落叶纷纷的尽头，总摇着一串铁铃

（1982 年 9 月）

南国之秋（一）

橘红橘红的火焰
在潮湿的园林中悬浮
它轻轻嚼着树木
雨蛙像脆骨般鸣叫

一环环微妙的光波
荡开天空的浮草
新月像金鱼般一跃
就代替了倒悬的火苗

满天渗化的青光
此刻还没有剪绒
秋风抚摸着壁毯
像订货者一样认真

烟缕被一枝枝抽出
像是一种中药
它留下了发黑的洞穴
里边并没住野鼠

有朵晚秋的小花
因温暖而变得枯黄
在火焰逝去的地方
用双手捧着灰烬

（1982 年 11 月）

南国之秋（二）

我要在最细的雨中
吹出银色的花纹
让所有在场的丁香
都成为你的伴娘

我要张开梧桐的手掌
去接雨水洗脸
让水杉用软弱的笔尖
在风中写下婚约

我要装作一名船长
把铁船开进树林
让你的五十个兄弟
徒劳地去海上寻找

我要像果仁一样洁净
在你的心中安睡
让树叶永远沙沙作响
也不生出鸟的翅膀

我要汇入你的湖泊
在水底静静地长成大树
我要在早晨明亮地站起
把我们的太阳投入天空

（1982 年 11 月）

南国之秋（三）

红色和黄色的电线
穿过大理石廊檐
同样美丽的水滴
总在对视中闪耀

高处有菱形的金瓦
下边有水斗籁籁
雨水刚学会呜咽
就在台阶上跌碎

劈劈叭叭的水花
使蚊子感到惊讶
它们从雨中逃走
又遇到发颤的钟声

至今在铁棍之间
还扭动着一种哀怨
大猩猩嚼着花朵
不断想一只鳄鱼

四野都飘着大雁
都飘着溺死的庄稼
忍冬树活了又活
夜晚还没有到来

（1982 年 11 月）

异　地

冷冷落落的雨
弄湿了洼陷的屋顶
我在想北方
我的太阳和灰尘

自从我离开了那条路
我的脚上就沾满泥泞
我的嘴就有苦味
好像草在湿雾里燃动

我曾像灶火一样爱过
从午夜烧到天明
现在我的手指
却触不到干土和灰烬

缓缓慢慢的烟哪
匆匆忙忙的人
汽车像蝴蝶虫一样弯扭着
躲开了路口的明星

出于职业习惯
我赞美塑料的眼睛
赞美那些模特
耐心地等小偷或情人

我忘了怎样痛哭
怎样躲开天空
我严肃地摇着电线
希望能惊动鸟群

（1983 年 2 月）

净 土

在秋天
有一个国度是蓝色的
路上，落满蓝莹莹的鸟
和叶片
所有枯萎的纸币
都在空中飘飞
前边很亮
太阳紧抵着帽檐
前边是没有的
有时能听见叮叮冬冬
的雪片

我车上的标志
将在那里脱落

（1983 年 2 月）

许多时间，像烟

有许多时间，像烟
许多烟从艾草中出发
小红眼睛们胜利地亮着
我知道这是流向天空的泪水
我知道，现在有点晚了
那些花在变成图案
在变成烛火中精制的水瓶
是有点晚，天渐渐暗下来
巨大的花伸向我们
巨大的溅满泪水的黎明
无色，无害的黑夜的泪水
我知道，他们还在说昨天
他们在说
子弹击中了铜盘
那个声音不见了，有烟
有翻卷过来的糖纸
许多失败的碎片在港口沉没
有点晚了，水在变成虚幻的尘土
没有时间的今天

在一切柔顺的梦想之上

光是一片溪水

它已小心行走了千年之久

（1983 年 9 月）

分　布

在大路变成小路的地方
草变成了树林

我心里荒凉得很
舌头下有一个水洼

影子从身体里流出
我是从一盏灯里来的

我把蟋蟀草伸进窗子
眼睛放在后面，手放在街上

（1983 年 11 月　上海）

"感性即自然的理性"

我还在收集金黄的烟丝

我还在收集金黄的烟丝
你扶住我的手，你说：不
你平静的手臂上有一道通向顶峰的脉纹
你刚刚被高举着送进墓园
现在，你推开白石，又推开花束

你说不，你金黄的眉毛上好像有炊烟
你说和平后的中午的故事
青色的河岸闪着水光的村子
孔雀一样骄傲的灌木丛
一个洗浴者枯萎的衣衫上落满了马蜂

学生削坏铅笔，还站在桥上吐唾
他们的白杨枝相互恫吓
之后走过一个卖酒人一匹棕色的小马
一对红红的母亲带着她们的椰果和孩子
停了很久，又走过一个边缘发亮的军人

在下游的一个地方铁丝挂住了

手从水中升起，草原上平放着历史

一条河哭泣着亲着他的嘴唇

水雾落进深谷，红鸟在树根间觅食

你又说了：空气，最凉的新鲜的空气

（1983 年 10 月 《颂歌世界》之一）

季节·保存黄昏和早晨

一

多少年了，我始终
在你呼吸的山谷中生活
我造了自己的房子
修了篱笆，听泉水在低语时
睡去，紫花蕊间有透明的脚爪
我感到时间
变得温顺起来
盘旋着爬上我的头顶

太阳困倦得像狮子
太阳困倦得像狮子

许多蝙蝠花和影子

那些只有在黄昏时才现出的岩石

那些岩石向我重复的话

那些溪水向我重复的话
白色的书和深深的丛林

二

我每天饮那溪水
我有一个铜瓶
我知道东方是无穷的，那么
西方也是无穷的，海水正一步步
侵入我的河口、湖滨
几千里白色的沙丘

荒凉的城上有鹰，我的小木屋装满齿轮

金色幸福的齿轮

几千里海水贴着我的面颊
小海草在不安地摇动
我每天的愿望呵
小海草在台阶边不安地摇着

你没有在圆石头上放钱币
冰的小鱼在游泳
你乌黑的眉毛俯向黎明

名 家 诗 歌 典 藏

三

我要你眼睛里的金子
太阳的金矿
你一直在很小的岛屿上牧羊

红海是你的嘴唇

你一直在很小的热带岛屿上放羊
在清清楚楚的羊齿植物中间，拖着疲惫
的鞭子，太阳无法合拢的手指

为什么，我不爱你的银色的鼻线
那一公分一公分银的微笑，那清晨
红石楠下现出的美丽的深渊
永恒的夜和贝壳鸣奏着，在奉献早晨

听见空气了吗

空气赞美我从罗马来
我的脚下有矿砂，我是今天的钟神

四

锁上四边的门
我的手伸向你的气息

苍蝇和老人在街上，灼热灼热的铜
在中午发烫，中午的夜不肯移开
他的手指，在夜里深深寂寞燃烧的
火焰呵，属于尽头的黄昏

我的手在你颈边汇合
在清凉的山口的风中生长
在你光滑的峭壁上无声无息

许多许多书，石头以外的季节

我轻轻转向你

我的发丝在蜷曲的芳香中生长

秋天来了，秋天会带来许多叶子

（1983 年 10 月 《颂歌世界》之一）

就在那个小村里

就在那个小村里
穿着银杏树的服装
有一个人，是我

眯起早晨的眼睛
白晃晃的沙地
更为细小的蝇壳没有损坏

周围潜伏着透明的山岭
泉水一样的风
你眼睛的湖水中没有海草

一个没有油漆的村子
在深绿的水底观看太阳
我们喜欢太阳的村庄

在你的爱恋中活着
很久才呼吸一次
远远的荒地上闪着水流

村子里有树叶飞舞

我们有一块空地

不去问命运知道的事情

（1983 年 11 月 《颂歌世界》之一）

提　示

和一个女孩子结婚

在琴箱中生活

听风吹出她心中的声音

看她从床边走到窗前

海水在轻轻移动

巨石还没有离去

你的名字叫约翰

你的道路叫安妮

（1983 年 11 月　《颂歌世界》之一）

方 舟

你登上了，一艘必将沉没的巨轮
它将在大海的呼吸中消失
现在你还在看那面旗子
那片展开的暗色草原
海鸟在水的墓地上鸣叫
你还在金属的栏杆上玩耍
为舷梯的声音感到惊奇
它空无一人，每扇门都将被打开
直到水手舱浮起清凉的火焰

（1984 年 3 月 《颂歌世界》之一）

懂事年龄

所有人都在看我

所有火焰的手指

我避开阳光，在侧柏中行走

不去看女性的夏天

红草地中绿色的砖块

大榕树一样毛森森的男人

我去食堂吃饭

木筷在那里轻轻敲着

对角形的花园

走过的孩子都含有黄金

（1984年3月 《颂歌世界》之一）

内　画

我们居住的生命
有一个小小的瓶口
可以看看世界

鸟垂直地落进海里
可以看看蒲草的籽和玫瑰

我们从没有到达玫瑰
或者摸摸大地的发丝

（1984 年 5 月　《颂歌世界》之一）

来　源

泉水的台阶
铁链上轻轻走过森林之马

我所有的花，都是从梦里来的

我的火焰
大海的青颜色
晴空中最强的兵

我所有的梦，都是从水里来的

一节又一节阳光的铁链
小木盒带来的空气
鱼和鸟的姿势

我低声说了声你的名字

（1984 年 6 月 《颂歌世界》之一）

史 诗

娃子们在街上大叫大喊
投出自己的矛，射出自己的箭

他们在煤堆上，建立了王国
他们在阴影里造船
他们在好几个地方打败了红巨人
和绿宝石苏丹
他们打穿了一个桶，追上了一只猫
活捉了一个没有嘴的瓦罐
他们建立了烈士陵园

他们胜利了，就发表宣言
每个人都当上尉
请全世界喝自来水，喝醉
让上帝交钱

最后，姨妈总会出现
拉着他们的耳朵
顺便收些衣服，顺便

把他们丢到感冒药和乘法中间

（1984 年 9 月）

有 时

有时祖国只是一个
巨大的鸟巢
松疏的北方枝条
把我环绕
使我看见太阳
把爱装满我的篮子
使我喜爱阳光和羽毛

我们在掌心睡着
像小鸟那样
相互做梦
四下是蓝空气
秋天
黄叶飘飘

（1984 年 10 月）

迎　新

春天是远处的故事
白蒙蒙的雪
还没有遮住树梢

春天是路上的故事
马铃在响
口袋在微微地摇

春天是等待的故事
很亮的银窗纸上
小鸟在睡觉

春天是到来的故事
六点钟刚刚敲过
就有人在台阶上跺脚

（1984 年 12 月）

是树木游泳的力量

是树木游泳的力量
使鸟保持它的航程
使它想起潮水的声音
鸟在空中说话
　　它说：中午
　　它说：树冠的年龄

芳香覆盖我们全身
长长清凉的手臂越过内心
我们在风中游泳
寂静成型
我们看不见最初的日子
最初，只有爱情

（1985 年 5 月 《颂歌世界》之一）

名

从炉口把水灌完
从炉口

　　　看脸　看白天
　　　锯开钱　敲二十下
　　　　　烟

　　　被车拉着西直门拉着奔西直门去

　　　　　Y
　　　　　Y
　　　　　Y

　　　　　　　（1985 年 11 月 《水银》之一）

届 时

一小片风景进了院子
陪来的
是字
头一扬一扬
没注意就爬满了铁丝

总坐着
看字
风吹得枝划到处都是
脸上 鞋上
历史书 到处都是

女儿从一楼走上楼顶

（1986 年 1 月 《水银》之一）

我们写东西

我们写东西
像虫子　在松果里找路
一粒一粒运棋子
有时　是空的

集中咬一个字
坏的
里边有发霉的菌丝
又咬一个

不能把车准时赶到
松树里去
种子掉在地上
遍地都是松果

（1986 年 2 月 《水银》之一）

红　酒

上我一样的当了

总以为吹笛子
就会自由
会呜呜地打开衣领让胃飞走
多么软的绸子
在小舞台上
把瓶儿排好
领唱必须用棍敲
　　　　　　瓶
　　　　　子的嘴
黄昏的时候灯光大亮
　　瓶
　　圆圆的
　　对着
　　走　不能用灯光说话

（1986年2月《水银》之一）

上边有天

上边有天
——软——软——软——软

你用不着转弯
用不着把车灯开着
路上烟飘来飘去

你用不着
拿照片
拿语言
拿烟

微微一蓝
天
蓝过来了

（1986 年 7 月 《水银》之一）

案

我们摘下熟了的果子
我们创造早已成功的东西

我们摘下已经熟了的果子
　　微微转动
　　光芒四溢
我们创造已经成功的东西
　　雨
　　和廊柱

　　转摇摇柄
　滴哩　滴哩

　　天上飞绕着你的燕子

（1986 年 12 月 　《水银》之一）

柳　罐

声音轻轻一碰
站起来两个人

　　　　山上有城
　　　　城下有树
　　　　树下有人
　　她们花哦　　　谢了又谢
　　　　细眉细眼
　　　　手持刀棍

　　　　　　（1987 年 3 月　《水银》之一）

愿

你看不会有尽头
你看被空气挫了

你看
　　成吨成吨　的站着
　　　小脑袋
　　　的空气
　　　　　海带
　　　　　　海水
　　　　　　　庄稼都湿了

看过　移一移先前的名字吧

　　五千面镜子照着空虚的海水
　　阿尼达在松手时
　　感到了死亡的歉意

（1987 年 3 月　《水银》之一）

138

日　晕

大地上长麦子
也长诗人
你看周身转动
鸟向前飞
宝石心
地下模糊的齿纹

（1987 年 5 月　《水银》之一）

直 塘

鸟
　　在岸上睡了
鱼
　　在水里睡了
柚子在沙田坝里垂着

十几里水，十几里月色

水在天上
天在水里
云彩悄悄隐没

十几里水路睡了

有人放桨
唱歌
　　　咿哦，咿哦
十几里水
　　草晃了

早起的人遮遮灯火

（1987 年 6 月 奥地利 《水银》之一）

阳光下的人

阳光下的人

没有眼泪

阳光下的人

不会哭

阳光下的人

只默坐着

被影子支着

阳光下的人到远处去

地

升到高处

阳光下的人就这样跟帐篷走了

没有动

也没有说话

（1987 年 9 月 伦敦 《水银》之一）

箭

只有一次她想这事
裂纹像头发
她洗瓷器
忽然碰到了花

她想那些花
在街上
只露一点
看不出园里的样子

看不出沙　狗
大柳树垂住
中午风
吹了铁丝

每层花
都动
馨
都让她收紧脚趾

花香　屋子空

一个人

一人

那是最美的年龄

（1987 年 10 月　《水银》之一）

墓 床

我知道永逝降临，并不悲伤
松林间安放着我的愿望
下边有海，远看像水池
一点点跟我的是下午的阳光

人时已尽，人世很长
我在中间应当休息
走过的人说树枝低了
走过的人说树枝在长

（1988 年 1 月 新西兰）

明 示

无限临近的事物
也有温厚的本性
就像从苗圃出来
背着枪
满面笑容

（1988 年 2 月）

淡水湾

春天是鲸鱼
银闪闪的
咬手指

春天是带鱼
一动不动
装进袋子

春天是蜘蛛螺
　　转我
　　　转你
　　　　那么多餐具

你敢让手开些花来

（1988 年 3 月）

看 见

我看见苹果
在花开的时候
远远地看
只有这一片是红的

十五只鸟在路上飞
　　飞过　飞不走了

（1990 年 4 月 《海篮》之一）

麦　田

你在很多人中间看我
看过
你很小
闭上眼睛的时候　很蓝

我知道你在一本书里站着
前边有木板

怎么也不知道
春天　看不见　只有一次
花全开了
开得到处都是

后来就很孤单

（1990 年 4 月 《海篮》之一）

小　说

X

地球是一滴蓝色的水
中间住着微弱的火焰

X X

你们尽可以劝告
鱼在沙滩上晒太阳
鸟在空中睡觉

X L

是我们抬高了星辰的位置
决定从下边仰望它们
我们想在上边居住

L

你怎么会以为我是人呢

L X X

亲爱的
地又塌了
在生命到来时
你要保存她

（1990 年 4 月 《海篮》之一）

重　名

这树要开花
再一看是叶子
细一看也是花
满山满树都是叶子

　她美丽像手指
　有点不好意思

（1991 年 1 月《海篮》之一）

日　历

有一天　　刮风
　　　屋顶乱响
有一天　有三个晚上

有一天可以看见教堂
　　　在树林里
　　　整整齐齐
　　海水升到天上

有一天　一个大胖子
　　　拼命晒太阳

有一天　听鸡唱歌
　　　清理厨房　一直唱

有一天什么都不想

有一天吃鱼　钉房子
　　　　一直钉房子

听好了

房子就是阳光

（1991 年 3 月 《海篮》之一）

剪　贴

这么多好时光
　　花儿
　　你的人在树上

　　那么多小工厂
花儿
你的人在树上

　　铜铁钉
　　钉帽子
　　绿山羊

　　　花儿
你的人在树上

离地十五尺
跳北房
高级老头
一枪一个

花　头朝下　脚朝上

紫竹院

在水里走回城
　　电视蓝蓝的
（他们干吗不把这件事安排
好呢）

今天是你的日子
在走廊里干活
　　　　是你弟弟的事
　　　　在黑暗里吹笛子
　　　　是他的事
你快走了

你快走了　　　　水没有了

　（你说水拿不起来）
水没有了
　　　快要走了

影子碰我

影子说 · 你和别人在黑暗里吹笛子

（1991 年 8 月 《城》之一）

邓 肯

考试是中国发明的　他说
然而世界通行　人可以透过筛子
（有很多方法）变成面粉和饼干

法律是希腊完成的　他说
人可以变成安全的灰土　看罪犯　梦
在壁炉里燃烧　不会溅出一点火星

世界是上帝造的　他说
把那些天国漏下去的人　继续粉碎
并且发酵　给地狱装上纱门

烟斗是哪来的　我没问
我看烟雾上升　徐徐蒙蒙靠近窗子
轻轻一绕　离开了我们的课堂

（1991 年 8 月　《海篮》之一）

昌 平

画完了　涂上青草
他不好意思
不死　球跳跳

球跳对你有好处

别把桌子翻了
怎么说也不会
上边抓着他圆领呢

小叉子　　小刀

他不好意思
这段时间
得教小孩画玻璃

后边事到了前边

死不了

他得画玻璃

　　　　喵

整整齐齐的　玻璃青草

　　　　　　（1991 年 11 月　《城》之一）

太 平 湖

钓鱼要注意河水上涨
　　水没人了
你的包放在船上

　　钓鱼要注意河水上涨
　　（走有线的地方）
　　　　　到处都是水了
你的包漂在船上

钓鱼要注意河水上涨
　　水没了
　　　　你的包漂在船上

你还小　没想到晚景凄凉

（1992 年 3 月 《城》之一）

公主坟

　　她们说　冷
　　冷是什么样子
我不知道

她们在家乡的小路上
　　在母亲地前面
　　把花放好
　　　　　　　放花
　　十五年
树显得高高大大

（1992 年 6 月 《城》之一）

你在等海水吗

你在等海水吗　海水和沙子
你知道最后碎了的不是海水

你在等消息吗　这消息
像一只鸟要飞起来

（1993 年 3 月）

"人可生如蚁而美如神"

布林的遗嘱

——组诗《布林的档案》之一

所有来交售悲哀的人

都必须

像洋白菜那么团结

都必须用唯一的方法

转一下金字塔

使它四面沾满阳光

（1981 年 12 月）

商人、马夫和洪水

发洪水啦！发洪水啦！
大地上响起可怕的喧哗。
商人和马夫丢弃了车辆，
慌忙爬上一根树杈。

呵，洪水好像凶猛的狮子，
摇荡着金发，舞爪张牙。
负重的树杈东躲西闪，
眼看就要齐腰折下。

车夫凄惨地向上帝呼救，
但商人却比上帝更有办法。
他对准车夫猛蹬一脚，
洪水中就增添了一朵绝望的浪花。

当大地渐渐恢复了平静，
人们才开始议论这种残杀。
"一切罪恶属于洪水！"
商人总相信这种说法。

(1979 年 12 月)

自负的猴子和同伴

一片绿阴，
　　遮断了炎热的小路。
一只猴子，
　　开始对同伴讲述：

"我们的头上
　　悬挂着幸运的星宿，
稍等片刻
　　就可以大嚼大咀。
我的攀登本领
　　可以去全世界演出，
就是树高万丈
　　也没有半点踌躇。
那些瓜果桃梨
　　不管它长在何时何处，
都无法逃脱
　　我神通广大的追捕。
你只消在树下，

小心地仰头观望，
果实就会冰雹般，
　　从乌云中涌出……"

它的同伴听罢
　　并不欢欣鼓舞，
却把那自负的猴子
　　一把绝望地拉住：
"你的本领再大，
　　我也并不糊涂，
看得见这里只有
　　不结瓜果的杨树。"

—　　　　　　　（1980 年 2 月）

异国的传说

一

暴雨后的黄昏清清凉凉，
阴云生出了虹的翅膀。
一个骑士离家去征战，
头盔在湿风中闪闪发亮。

他的发缕像金丝般华贵，
淡绿的眼里藏着春光。
他任凭马儿去选择道路，
自己却虔诚地把恋人默想。

骑士来自一座精巧的城邦，
那里有无数喷泉和铜像。
但这并不代表城邦的骄傲，
代表它的是位织毯姑娘。

每当傍晚她就在窗口出现，
如同圆月般完美，明亮。

她在那里梳理着彩色羊毛，
似乎也梳理着全城的目光。

骑士的心被织进壁毯，
被悬挂在夜空中飘飘荡荡。
为了解救自己不幸的情感，
骑士便全副武装奔向远方。

穿过一片片彩色的秋林，
踏碎一湾湾沉静的水塘，
有多少战舰将要倾覆？
有多少堡垒将要沦丧？……

二

当候鸟飞回骑士的家乡，
惊人的传闻使全城沸扬；
到处都是关于他的争论——
战绩、容貌和将获的封赏。

市民都穿上节日的盛装，
长号和礼炮发出轰响。
骑士骤然在拱门中显现，
就像日食后新生的太阳。

年迈的国王迎上前去，
将他全身都挂满勋章。
鲜花像瀑布般飞泻而下，
有几次险些把骑士埋葬。

在队前有一列庄严的仪仗，
把俘获的战旗一路铺张，
最后铺到了姑娘的窗前，
骑士便跳下马跪在地上。

一霎时海洋都停住呼吸，
他手上集中了世界的重量，
那是一页白金铭刻的情书，
正颤抖着向姑娘献上……

姑娘轻轻放下梭子，
声音像微风吹散骑士的梦想：
"我不能接受一个囚徒的敬意，
金钱和盛名是最可怕的牢房。"

三

骑士倒下了，一声不响，

倒在他成功的转椅上，
红水晶的吊灯在头顶摇摆，
胭脂石的壁炉在身边发烫。

他的眼窝像两洞深井，
头发也像败草般黯然无光。
在那长圆形的颅穹之中，
难道真凝结着冷却的岩浆？

不，他并没有变成石像，
他变成了一团飞旋的电光——
沉重的橡木门轰隆倾倒，
楼梯的栏杆也飞到街上。

骑士的侍从四散逃走，
惊慌的呼喊充满街巷。
有几个狂乱地跑进皇宫，
把可怕的事变报告国王。

国王还未弄清那些叫嚷，
半空中又摔下一叠勋章。
国王透过悬冰样的长眉，
看见了骑士凝滞的影像。

解脱的骑士遥望上苍，
再没有希望，也不失望。
一片晨色在他额前升起，
溶化了启明星金黄的光芒。

四

又是暴雨后沉寂的时光，
晨雾中传来金属的鸣响，
那不是铃铎，不是刀剑铿锵，
是骑士在奔赴流放的边疆。

没人押送，铁链也未锁上，
这都是他从前功绩的补偿。
有些市民还送到郊外，
为他准备了远行的车辆。

骑士大步走着，毫不彷徨，
昔日的军靴上溅满泥浆。
他又走进色彩斑驳的秋林，
却忽而轻轻地放下背囊。

他拾起一条妄图行走的小鱼，
把它送回梦样的池塘。

呵，在这一瞬间他看见了什么？
水影中婷立着织毯姑娘。

姑娘在大雷雨中等了许久，
终于像白云飘向骑士身旁：
"带我去吧，连同我的爱恋，
因为你正走向自由的天堂。"

朝阳不由自主错开目光，
林中铁链发出一阵轻响，
打湿的虫翅无法再振鸣，
鸟儿却开始了新的歌唱。

（1980 年 2 月）

窗　扇

一座古老的教堂，
立在城市中央；
一扇彩色的小窗，
在风中吱吱歌唱；
蓝穹像静默的天海，
白云像自由的波浪；
温和灿烂的秋日，
渐渐驶向南方；
早霞晚霞升落，
好像旗帜飞扬；
候鸟被它们吸引，
告别草滩、苇塘——
大群大群升起，
飞向春的家乡……

那扇彩色的小窗，
怎忍受这一片苍茫；
它也想升上天穹，
去追赶太阳的金桨；

它也想飞向南国，
避开酷暑严霜；
它扭断了所有螺栓，
开始实践梦想；
这是个不幸的尝试——
窗扇失去依傍；
它非但没有上升，
反而急速下降；
徒然挂了下树枝，
就摔在石台阶旁；
那里有一个盲乞，
吓丢了细细的探杖。

（1980年6月）

迷误的战舰

中古时有一艘巨型战舰，
从天涯海角返回家园；
船尾沸腾着纯白浪花，
好像勇士们思乡的情感。

战舰征服了许多帝国，
夺取了教皇神圣的王冠；
今天所有帆都狂喜地张开，
准备拥抱家乡的炊烟。

那是一座极美的岛屿，
油橄榄在碧空下安眠；
金塔和妻子等待的目光，
使勇士的心中光辉灿烂。

但是为什么还没有到达？
水平线上只有落日一团；
船长拉坏了望远镜筒，
水手气闷地拍打罗盘。

呵，再不会找见，不会再见，
所有的烟骸都已飘散；
那是一次火山的热恋，
把岛屿劫往无底的海渊。

现在海水蓝得多么天真，
没留下一丝可疑的波澜；
先哲升天时也没有遗训，
说岛也许比船寿命更短。

于是，寻找就继续下去，
勇士都相信走错了航线；
他们察阅了所有海洋，
有的洋面竟被翻起了毛边。

最后在一阵绝望的风中，
战舰搁浅在诗行中间；
浓缩的岁月开始结晶，
凝成了一个苦咸的寓言。

（1980 年 6 月）

磨刀石和拖把

由于一个偶然的缘机，
磨刀石和拖把靠在了一起，
它们的对话有点押韵，
所以也就变成了我的诗句。

磨刀石用背蹭蹭墙壁，
发出好一阵长嘘短吁：
　"我牺牲了我坚实的身体，
磨砺了多少刀枪剑戟；
谁要用它们装备军队，
保险能做拿破仑第一。
可是我那偏心的主人，
全不思念我的功绩；
最多任命我去堵堵鸡窝，
防止黄鼠狼之流的偷袭。

　"你看看那桌上的砚台，
是个多么蠢笨的东西！
它就会在那磨块臭墨，

而且越磨越不锋利。
可那天来了几个外宾，
主人还把它大加赞誉。
我说我的拖把大姐，
你评评这哪还有天理？"

谁知拖把更加伤心，
一张口就泪水淋漓：
"我说尊敬的磨刀石兄弟，
你还不知我的冤屈，
我总用这一头长发，
去扫荡那浊水污泥，
使这自高自大的人类，
避免了矽肺和瘟疫；
可他们却受恩不报，
反把我拧得活来死去。

"你瞧那砚边的毛笔，
是个多么阴险的东西，
经常把纯洁白净的纸张，
涂上黑暗的墨迹，
可至今不仅未被制裁，
反让它把笔筒占据；
这岂止是没有了天理，

简直是颠倒了天地！"

磨刀石和拖把越说越气，
决心要去找主人评理；
至于主人如何决断，
难保不是国家机密。

（1980 年）

河　滩

荒凉的土路弯向河滩，
一驾马车正在下陷。
车夫脸上溅满了泥浆，
徒劳地向春天挥着响鞭。

昨天这里还是坚实的路面，
美丽的冰花在月光下打闪。
现在却处处是贪婪的泥浆，
对一切过客都死死纠缠。

车夫用尽了力气和诅咒，
开始坐下来等待夜晚。
他相信一旦大地重新凝结，
马车就会在铃声中飞回家园。

盼哪盼，真慢，望眼欲穿，
终于黑夜又占领了人间。
车夫打个喷嚏准备启程，
却遇到了更加恐怖的困难。

马匹和车轮已冻结在泥里，
比坚固的牙齿更难摇撼。
曾经在大地上驰骋的车马，
如今也成为了大地的一员。

好奇的月亮比问号更弯：
"到底是谁把车夫欺骗？"
有人说是变化无常的节气，
有人说是凝固不变的经验。

（1981 年 3 月）

春天的寓言

春天的寓言应当乐观，
因为希望又回到人间。
小河中闪耀着歌唱新星，
杨柳树升任了舞蹈教练。

一切的一切都充满快感，
但为什么母鸡忿忿不安？
它在窗台上转来跑去，
滚热的血液烧红了鸡冠。

呵，原来它生了个鸡蛋，
像中秋的月亮又大又圆。
谁知它刚发出请功的叫声，
鸡蛋就被主人做了早餐。

是的，母鸡的血液正在沸腾，
不断地冒出各种打算。
终于它狂怒地竖起羽毛，
开始了对主人的大声宣战：

"我要变成无情的苍鹰，
去到阴云中邀请雷电！
我要用天火洗涤一切，
把你的美梦化为尘烟！

"我要变成暴烈的金雕，
把天地搅得昏暗一片！
我要投下巨大的冰雹，
把你的田园彻底砸烂！

"我要变成可怕的秃鹫，
吃掉星星和所有灯盏！
我要让你在黑夜里迷路，
掉进世上最深的山涧！

"我要，要……要——饭……"
母鸡的调子突然转变。
原来主人刚从窗前走过，
倒下一些残羹剩餐。

后来的事情就不必多言，
因为寓言要的是简短。
关键是你知道了这个故事，

就再不必为鸡叫去舞枪弄剑。

（1981 年 3 月）

名家诗歌典藏

惩　罚

小狗爬出热烈的火塘
怪味的烟雾涌出厨房
小狗在雪地上笨拙地行走
月亮的脸色有些发黄

大狗从山墙边懒懒站起
闻了一闻就走向一旁
它记忆中的那个狗崽
可爱的绒毛还在飘荡

老猫在屋顶上小心观看
绿眼睛里思想一暗一亮
"这恐怕是鼹鼠的阴谋
怎么装得这么肥胖？"

小狗走向清凉的月亮
好像唯有它才怀有同样的悲伤
月亮下有一个年老的草垛
好像能把一切不幸收藏

小狗在干草中低低歌唱
很快就钻进自己的梦乡
对于这个忽冷忽热的世界
它实在愿意早点遗忘

在小狗经过的雪地上
走来一只铁灰的大狼
它尖利的牙齿忽隐忽现
它无声的影子忽短忽长

终于，灰狼发现了小狗
小狗蜷缩着，浑身是伤
就连一贯博爱的月亮
也不忍多看它的模样

灰狼停住了，站在一旁
复仇的血在心中发烫
"用什么最无情的手段
才能使世仇的后代痛苦异常？

"是把它一点点撕碎
慢慢地吸取新鲜的血浆？
还是把它突然吓醒

让恐惧炸碎它的心脏？

"哦，不，还是让它活着吧
活着，长大，并且走向四方
让它永远在同类的眼里
领取轻蔑或怜悯的目光"

（1981 年 4 月）

塔塔尔

一

微微起伏的大草原繁花似锦，
年轻的塔塔尔走向彩色的帐篷。
帐篷里端坐着一个苍白姑娘，
她每天的工作是拒绝媒人提亲。

塔塔尔笔直地走到姑娘面前，
炯炯的大眼睛像深邃的夜空。
姑娘抬起头几乎忘记了世界，
塔塔尔正是她无数梦中的恋人。

他们相互对视了好久好久，
篷布在浅绿的春风中猛烈抖动。
最后还是姑娘努力恢复了思想，
她问："你爱我，用什么保证？"

塔塔尔动了动干燥的嘴唇：
"用我的心，我的全部生命！"

姑娘苦楚地一笑，慢慢转过头去：
"不，不行，你应当有一座王宫。"

二

冰雪的泪水又一次变成了白云，
塔塔尔又一次走进彩色的帐篷。
姑娘抬起身真的忘记了世界——
他洁净的额前环绕着金冠和彩虹。

塔塔尔一把撕开激动的篷布，
姑娘的惊讶被风吹上了天空。
草原上几千匹骏马红光闪闪，
从童话中拉来了一座活动王宫。

王宫的屋脊上布满了纯银的圆瓦，
苏铁木的黑拱门上镶满了白金。
一支在伽南香中迷路的乐曲，
碰响了飞檐上千万对水晶风铃。

姑娘在昏眩中慢慢合上眼睛，
低低地说："我相信、相信、相信……"
时冷时热的泪水幸福地流着，
落进了金盏花和雀麦组成的草丛……

三

塔塔尔像守陵的石像一动不动，
身后升起了宏伟的黄昏。
他站着，站着，忽然发出命令，
命令侍从们把王宫焚烧干净。

受惊的马群向四面八方狂奔，
暗红的火焰在屋脊上抖着长鬃。
在旋风里迸裂的水晶和檀木，
溅起了一片片熔化的金银。

姑娘昏迷后终于又渐渐苏醒，
发现自己竟躺在塔塔尔怀中。
她看着他嘴边微微闪动的苦笑，
努力相信这不是一场疯狂的幻梦。

在星空下，他们又对视了好久好久，
最后仍然是姑娘首先发问：
"恨我，为什么不把我化为灰烬？"
塔塔尔说："我只恨你的轻信……"

(1981 年 11 月)

一只北方的大狗

一只北方的大狗
在荒凉的晚霞中漫步
他正疲倦地设想
什么是痛苦和幸福

一阵不怀好意的小风
忽然吹断了思路
大狗棕色的眼睛里
被吹进一点尘土

唔……大狗感到痛苦
痛苦变成了痛哭
一串串熟透的眼泪
汇成了一片小湖

唔……太阳熄灭了
熄灭了——星星和蜡烛
失明的时间像冰水般寒冷
世界变成了坟墓

唔……田野空荡荡的
哪里是回家的道路？
每一步都可能惊醒死亡
这是怎样的恐怖

唔！大狗忽然停住
撞上了一间看场小屋
小屋里静静悄悄
只有破窗纸在打呼噜

唔，大狗轻轻地卧倒
皮毛上落满墙土
他亲切地打着喷嚏
想起了太阳的爱抚

他想起了多事的鸭子
想起了奶羊和猪
想起了控制食盆的战争
主人的追逐和愤怒

他想起了正直的树棍
怎样打自己的肋骨
呵，现在如果能挨上几下

那该多么舒服

也许这种舒服
就是所谓的"幸福"
接连吃上三十吨黄连
胆汁也能变成甘露

大狗懂得了"幸福"
世界也开始清楚
早晨从深夜中浮起
像一片雪白的鱼肚

（1981 年）

山猫和太平鸟

山猫遇见了一只太平鸟
他似笑非笑
说，你早

太平鸟吓了一大跳
"我早？什么意思？
什么花招？"

她看着山猫的背影
想不明白
花尾巴一摇一摇

"我早？
是说早早逃跑？
还是说早早死掉？

"不行，说得没头没脑
不能让心脏
永远挂满问号"

太平鸟追上山猫

边飞边叫：

"你为什么说：你早？

"呵，快告诉我，

我可以送你，送你……

一根羽毛，再加，一根羽毛"

太平鸟请求山猫

山猫边走边摇

表情莫明其妙……

（1981 年 12 月）

冰淇淋搬迁、变节记

獾和花豚鼠累得要命
累呀，累是因为劳动——
半夜里从食品店往外搬运

注意，这可不是一般的搬运
要小心，不能出声，不能让人
发现，不能图名，不能……

所以费了好大劲，他们
才滚出一个圆圆的纸筒
滚，一直滚到地洞里，才停住不动

嚓，花豚鼠点起了油灯
灯亮了，引来了几只小飞虫
獾开始多方研究圆筒的姓名

姓什么？姓冰？不
姓奶油，叫冰淇淋——
奶油·冰淇淋？好像有点外国血统

呵，外国的，呵——来宾
欢迎，这是国际问题，世界人民
处理起来必须慎之又慎

花豚鼠说："对，慎重，首先
应当进行外调，去渥太华或伦敦
查明她的化学成分，物理出身

"还有生物籍贯、数学年龄
等等，然后再申请、批准、决定
——煎、炒、煮、炸、烹……"

貛点头赞同，但又说："不过
我还有一点补充，掌勺时
要同时考虑色、香、味和各国舆论"

一票加一票，全体通过
通过了什么据说还得执行；执行？
哦呀！上外国外调得会外文

"而且，而且"貛也想起来了
"我的几位家长都不是厨师
"本人对烹调也一窍不通"

怎么办？那是谁说的
（已经无法考证）：偏向虎山行
只怕有心人，关键是决心（还挺押韵）

决心！决心两路分兵
花豚鼠去报考外语学院
玃呢？去饭店争取旁听。吹灯

吹吧，天也亮了，地洞里
只剩下冰淇淋小姐，等
她准备用漫长的时间独自反省

等呵，这个主意不笨，可惜
没有成功，花豚鼠和玃犯了
一个致命错误，忘了随手关门

开着门，就会有客人，热情的
太阳光随时从洞门口路过
都对冰淇淋小姐轻轻一吻

唉，奶油·冰淇淋，只有一个
毛病——受不了热情，太爱感动
也可以说，有点水性，不够忠贞

总之，轻轻一吻，就使冰淇淋
小姐，产生了某种温情
忘记了作为冰需要冷静

再加上夏天的风也走来走去
白天有蝴蝶，晚上有夜莺
怎不使冰小姐伤心、哭泣，哭个不停

最后，冰淇淋小姐竟哭成了
一片泪水，甜蜜的，被泥土
喝了，从此便无影无踪

命运哪命运，还不算狠心
不知为什么，獾和花豚鼠都没
回来，没有发现这场私奔

（1981 年 12 月）

一棵树的判断

一棵树闭着眼睛，
细听着周围对自己的评论。

它听见鼹鼠对蝼蛄说：
"我不明白为什么要保护树木，
它只会像烂麻绳一样妨碍我挖洞。"

它听见蚂蚁对蚜虫说：
"没有谁能超越树木的伟大，
它的一片叶子就等于一片天空。"

它听见云朵对太阳说：
"那棵树可算长高了，
却还无法够着我发痒的脚心。"

一棵树闭着眼睛，
细听着周围的各种评论。
它想：云朵和鼹鼠是反对我的，
它们的立足点比较接近。

（1982 年 1 月）

火鸡之战

太阳就站在门前，
到了做饭时间。
丈夫在土灶前烧火，
夫人在瓦锅中搅拌。

"呵，"丈夫躲开柴烟，
忽然发出感叹：
"真应当有只火鸡，
烤得金光灿烂。"

"然后用银刀切开，
放进东方瓷盘。"
夫人晃着粥勺，
好像也有同感。

"再浇上洁净的奶油，
撒几片玫瑰花瓣。"
丈夫深深呼吸，
好像已经闻见。

"撒什么见鬼的花瓣？
不如加点大蒜！"
夫人皱起鼻子，
非常不以为然。

"就放花瓣，花瓣！花瓣！！"
"就加大蒜，大蒜！大蒜！！"
内战突然爆发，
打得天昏地暗。

瓦锅打成了几瓣，
霎时烟尘冲天。
那只惹事的火鸡，
这时还没来人间。

（1982 年）

一种准备

路口布满纵横的辙印，
远处悬浮着鸟雀和黎明。
一群小草在路边商议，
带什么东西才好出门——

蒲公英说："带把折叠伞吧，
苍天上总有莫测的风云。"
大戟草说："带把折叠刀吧，
没准会碰上抢钱的坏人。"

米布袋说："带点圆蛋糕吧，
见首长总不能两手空空。"
灯心草说："带本连环画吧，
好消磨路上的寂寞光阴。"

苦苦菜说："带上复习题吧，
谁都讲天才来自勤奋。"
狗尾草说："戴上假头发吧，
以免就义时中暑发晕。"……

路口反复修改着辙印，
尽头悬挂着落日和黄昏。
小草们永远在路边商议，
因为它们无法移动半分。

（1983 年）

最后的鹰

一只受伤的鹰，跌落在饲养场里
一千只鸡发出惊慌的叫喊
接着又围拢过来，小心翼翼

鹰的羽毛上有浓郁发亮的血滴

沉寂……老公鸡笑了："噎——噎"
干枯的肉垂在打抖："看见了吗?
这就叫引力，你逃脱不了，看吧——
理想、彩虹，那些美丽潮湿的空气……"
小公鸡也发出声音："我们在地上走，
这就是进化的意义！"可母鸡们生气了：
"干嗓子的丑东西，废话垃圾，
不许笑！"接着挨近鹰，开始咕咕嘀嘀
花母鸡说："鹰呵，我的小悲剧，
你太不实际，你应该去游水，
水里有鱼，你还年轻，跟鸭子去学，
我有一个亲戚……"白母鸡抢着说：
"我有一个鸽子同学，在邮局……"

灰母鸡说："还是跟羊去学吃草，
草哪都有，脚踏实地。"黑母鸡说：
"要不当狗，有主的狗，谁都害怕，还可以……"
棕母鸡低声："你的工作关系？……"

喂食铃响了，鸡群呼一下蜂拥而去
金草末缓缓飘落在阳光里

一只白胖的小虱子钻出来，说："阿嚏！
臭鹰，老在寒流里飞，我都着凉了，
你只管自己，你只管自己，你只管自己。"
蚊子在阴影里小心地哼哼："我可以教你
安全飞行的技艺，我可以教你，我可以
教你……"

一只鹰死在饲养场里

（1983 年 11 月）

大　熊

一只大熊，在神山上过冬，做着梦
咬了一口树根，忽然萌发了一个思想
——要证明人类并不聪明

他花了许多时间，去集市上游逛
在白木柴间嗅着，在水果店里直闻
最后买了小小的一捆，甘蔗
用捡来的纸币付账，甘蔗湿淋淋
使他的软毛发出腥气，他走进
树林，跨过折断的枯木，枝杈伸进天空
北风像夜枭一样怪笑，吐着冰屑
吹过一大片雷火击毁的黑色林地
扬起灰尘，大熊找到燃烧的灰烬
将绳解开，把一根湿甘蔗塞进火中
"叭"响了一声，又放两根，
起烟了，浓烟滚滚，再放两根，再放
火灭了，黑黢黢的甘蔗棒没有火星
"烧不着！"熊笑了，用大巴掌
抹抹鼻子又抹眼睛："人说柴能烧！

人笨，人笨，人笨……"

那声音并不动听，猴子坐起来
小鼻子冻得透红，他是人类的近亲
说人，说人就是说侬①
他从树上一跃而下，去找熊辩论
跌到雪里，辩论！辩论！辩论！辩论！

一场大风暴涂去了许多声音

熊又醒了，猴子在怀里乱动
他保全了论敌的性命。猴子哭着：
"不行，你说我家人，不许白说
得有单位证明，我们出去考证
走遍崇山峻岭。""行！"熊说，"走遍苍茫人生！"

这好像是地狱的大门，风叫着，他们
争着，吵着，爬着，拉着，终于静下来
一个可怕的声音，冥河的水从山岩中
直冲出来，像雷电打击着阴云
昏眩的鹰纷纷坠落，一道铁桥寒光凛凛
电汽火车无声无息地贯穿始终
"喂！"猴子说，拼命加大声音

---

① 侬：我（引用于旧诗文）。上海方言中又为"你"。

"这是人的最新发明，可以通过死亡

到达另一种生命，我们现在从铁桥上走就可以

证明，人……"熊拼命摇头，不听

他指着另一个地方，哦，我的灵魂——

那还有架木桥，要坍了，失去了

两个桥墩，正在抖动，大熊沉着地向那走去

小猴子打着寒噤："不行！不行！！"

小猴子喊着，两耳发聋；熊挥了挥大掌

就踏上桥板；"不行！"小猴喊；熊扭断了铁钉

"不行！"桥歪了；"快逃命！！"熊走向桥心

扑通通！桥坍了，溅起的水花结成冰凌

猴子哭着："呵！笨熊，我的笨熊，真笨……"

熊从冥河中探出头来："我是在证明人类毫不聪明。"

（1984 年 2 月）

呱呱和《蝌蚪问答》

春风扬起温暖的尘沙
可呱呱不去管它
呱呱是井底下聪明的青蛙
他刚出版了一本《蝌蚪问答》——

天有多大? 不会比井大
要不,井口就会撑炸

天上有啥? 有一只金乌龟
一个玉蛤蜊,在深处
还有一些小银虾

那鸟呢? 鸟不过是种花蚊子
有点大,是蚯蚓变的,蚯蚓又聋又哑
所以叫声非常可怕

有海鸟吗? 海是啥?
海是个古代的谣言,瞎编的
那时科学还不发达
海鸟不是谣言,海鸟是本图画

没有海总有河吧? 河么?
河是一种长形的水洼

长不过五拃，会吐白沫

神经不太正常，会乱叫"哗哗"

真的，我舅舅老在河那刷牙

★★ 人也刷牙，对人该怎么评价?

人吗? 人是一种青蛙

已经退化，因为留在岸上

头上就长出了干草

嘴巴，渴得缩成了一点

只会伸直脚乱抓

他们向我来讨水喝，天天来

还想学蛙泳，笨哪，没有办法

只有极少极少人，还保存着

蝌蚪先进的尾巴

★★ 那么井呢? 井是谁挖的?

自然是我爸，还有我妈

我在肚子里出主意，分散经营

统一规划，这这么挖，那那么挖

结果，生命的泉水没有遗漏

历史的地层也没坍塌

天还会哭鼻子，雨水滴滴答答

呵，伟大，我爸爸没有干儿子

赞美吧，快赞美呀! 呱呱

(1984 年 3 月)

实　话

陶瓶说，我价值一千把铁锤
铁锤说，我打碎了一百个陶瓶

匠人说，我做了一千把铁锤
伟人说，我杀了一百个匠人

铁锤说，我还打死了一个伟人
陶瓶说，我现在就装着那个伟人的骨灰

（1989 年）

苹果螺

苹果螺在苹果树下
等着
它想看
苹果是怎么爬上去的

（1991年6月）